APPRE

LACETS EN FOLIE

Suzanne Lieurance
Illustrations de Patrick Girouard
Texte français de Marie Frankland

Éditions
■ SCHOLASTIC

Pour Adrian, Nicholas et Tyler – attachés ensemble
comme des lacets.
— S.L.

Pour Rebecca, Joe et tante Mary.
— P.G.

Catalogage avant publication de Bibliothèque
et Archives Canada

Lieurance, Suzanne
Lacets en folie / Suzanne Lieurance;
illustrations de Patrick Girouard;
texte français de Marie Frankland.

(Apprentis lecteurs)
Traduction de : Shoelaces.
Pour les 3-6 ans.
ISBN 978-0-545-99160-5

I. Girouard, Patrick II. Frankland, Marie, 1979-
III. Titre. IV. Collection.

PZ23.L5473La 2008   j813'.54   C2008-902289-0

Édition publiée par les Éditions Scholastic, 604, rue King Ouest, Toronto (Ontario) M5V 1E1.

5 4 3 2 1   Imprimé au Canada   08 09 10 11 12

J'aime les lacets.

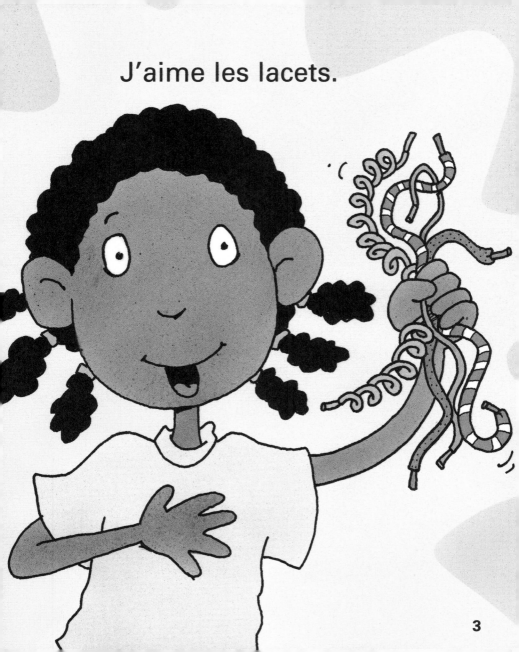

Je suis capable d'attacher mes souliers.

J'aime toutes les sortes de lacets.

Les lacets courts, longs
ou bien ajustés.

Je fais une boucle
et le tour est joué!

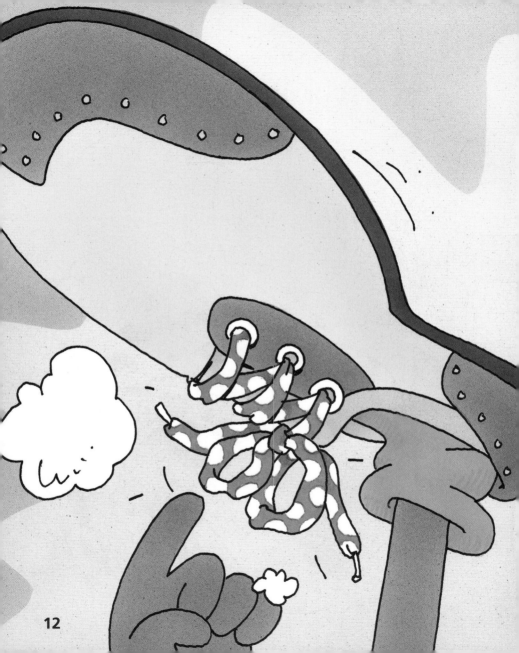

Les lacets colorés ou rayés
qui s'attachent facilement.

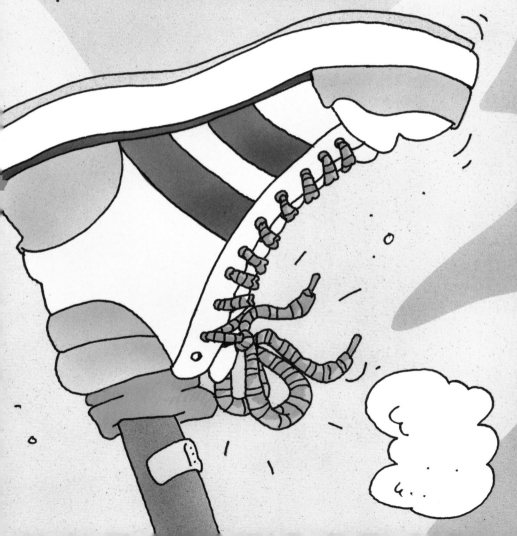

Les lacets ronds ou plats
ou encore en rubans!

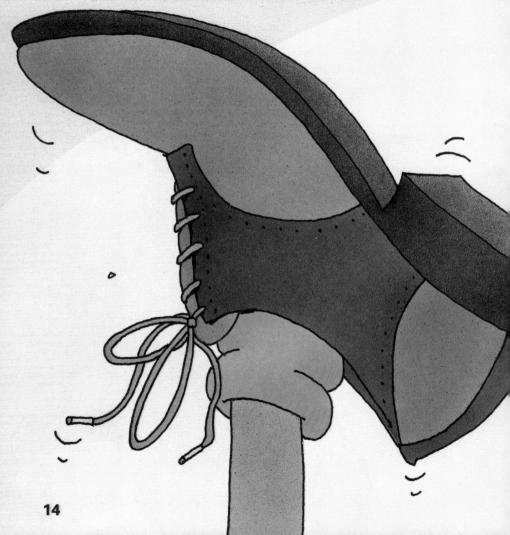

Les lacets rouges ou bleus
attachés jusqu'en haut.

J'aime tous les lacets,
ordinaires ou super beaux!

Les lacets pour garçons, pour filles ou ceux qui portent mon nom.

Tous les lacets font des boucles, de toute façon!

J'aime les lacets.

Toutes les sortes de lacets.

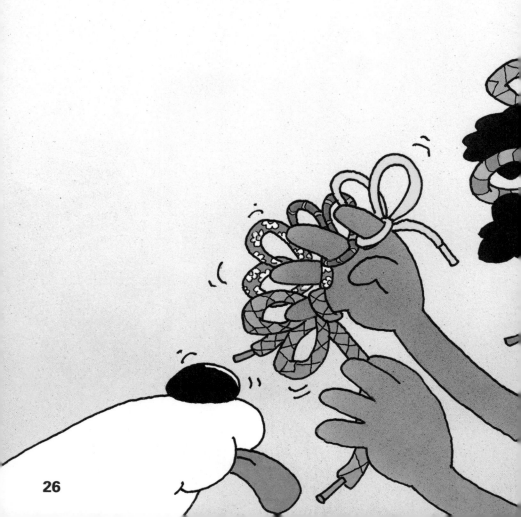

Oups! Mon lacet s'est détaché.

Je dois lacer mon soulier!

LISTE DE MOTS

aime	détaché	joué	qui
ajustés	dois	jusqu'en	rayés
attachent	en	lacer	ronds
attacher	encore	lacets	rouges
attachés	est	le	rubans
beaux	et	les	sortes
bien	facilement	longs	soulier
bleus	façon	mes	souliers
boucle	fais	mon	suis
boucles	filles	nom	super
capable	folie	ordinaires	tour
ceux	font	ou	tous
colorés	garçons	oups	toute
courts	haut	plats	toutes
de	heure	portent	une
des	je	pour	